阿迪契作品

Chimamanda Ngozi Adichie

哀痛笔记

Notes on Grief

[尼日利亚]
奇玛曼达·恩戈兹·阿迪契——著
蒋怡——译

译林出版社

悼念

詹姆斯·恩沃耶·阿迪契

1932—2020

1

每周日，我在英国的弟弟会用视频软件发起通话，那是疫情管控期我们一家人的热闹仪式：同胞兄姐中有两位在拉各斯，我们三个在美国，还有在尼日利亚东南部的老家阿巴[1]的父母也会加入，时而伴着噼啪的嘈杂音。6 月 7 日，父亲出现在视频里，由于他从来不知道在视频通话时该怎么调整手机，屏幕上一如既往地只见他的脑门。“爸，把你的手机移一移。”我们中有人会这么

1　阿巴，尼日利亚阿南布拉州的一个城镇。

提醒他。父亲在拿哥哥奥奇的新绰号开玩笑，接着他说他还没有吃晚饭，因为午饭吃得晚，又接着，他说起邻市的亿万富翁想要占用我们村的祖地。他觉得身体有些不舒服，最近睡眠不好，但我们不必担心。6 月 8 日，奥奇去阿巴看望他，说他看起来很疲惫。6 月 9 日，我没有与他长聊，让他早些休息。我调皮地模仿某个亲戚时，他安静地笑着。“Ka chi fo。”他说。晚安，这是他对我说的最后一句话。6 月 10 日，他走了。哥哥楚克斯打电话来告诉我，我一下子蒙了。

2

我四岁的女儿说我吓坏她了。她双膝跪地演示给我看，小小的拳头紧紧握着，上下挥舞，经她一模仿，我仿佛看到了自己当时的模样：彻底崩溃，尖叫着猛捶地板。父亲离世的消息仿佛将我凶狠地连根拔起。我被人从我自幼时便熟悉的世界中猛然拽走。可我不愿相信：那天下午父亲还在看报纸，还在跟奥奇开玩笑，说第二天去奥尼沙[1]见肾病专家前要先刮个脸，还在电话里跟我

1 奥尼沙，尼日利亚南部的一座城市。

当医生的姐姐伊乔玛讨论医院的检查结果——他怎么可能不在了呢？但是，他就躺在那里。奥奇将手机放在父亲的脸部上方，父亲看上去像是睡着了，脸很放松，睡得很安详。我们的视频通话一点儿也不真实，所有人都在世界的不同地方哭哭，我们怀疑地看着亲爱的父亲此刻就躺在医院的病床上一动不动。那时离午夜还有几分钟，尼日利亚时间，奥奇在他的身旁，楚克斯对着电话扬声器。我茫然地看着父亲。我的呼吸变得困难。空气仿佛凝结了，莫非这就是震惊的感觉？姐姐乌切说，她刚刚发消息告诉了家里的一位朋友，我几乎要尖叫出来："不要！别告诉任何人，因为如果我们告诉别人，那么它就是事实了。"我先生说："深呼吸，喝点水吧。"我的家居服皱巴巴地摊在地上，那是我在疫情管控期常穿的衣服。过后，弟弟肯恩会打趣我：“你最好别在公共场合得知什么震惊的消息，因为你回应震惊的方式就是脱衣服。”

3

哀痛是一种残酷的教育。你明白，哀悼会多么地粗暴，多么地难抑怒气。你明白，人们的慰唁听来会如此肤浅。你明白，哀痛事关语言，明知言语苍白无力，却还在拼命找寻合适的字眼。我的两侧脸庞为何如此酸痛？别人告诉我，那是因为哭得太多。我之前不知道，原来我们是用脸部肌肉哭泣的。痛苦并不让人意外，可痛苦的身体表现却会：我的舌头味苦难忍，仿佛是吃了不喜欢的食物后忘记清洁牙齿；我的胸口压着可怕的重物；我的身体里有一种永远在碎裂的感觉。我的心脏——我真实的心脏，此处不是修辞——正从我的身体里挣脱出去，变成独立的物，它快速地跳动着，有着与我的身体不一致的节奏。这不光是一种精神折磨，也是身体折磨，身体的疼痛与疲乏无力，皮肉、肌肉、器官，所有的都连带着疼。没有一种姿势教人舒服。几个星期来，我的胃里翻江倒海，紧紧地绷着，像是某种不祥的预兆，一种确信感挥之不去：还有人也要离开，我会失去更多亲人。一天早晨，奥奇打给我的电话比平时早了些，我心想，快告诉我，立刻告诉我，这次是谁死了。是妈妈吗？

4

在我位于美国的家中，我喜欢打开全国公共广播电台的节目当背景音，每回父亲在我家，要是没人在听，他总会关掉广播。

“我刚刚还在想，爸爸总是关掉广播，而我每次都要开回来。他多半觉得开着很浪费吧。”我告诉奥奇。

“就像他在阿巴，总想一早就关掉发电机。要是他能回来，我会开心地由着他去。”奥奇说，我们笑了。

“我会开始早起，我会开始吃加里[1]，我会每周日去做弥撒。”我说，我们笑了。

我又讲了一遍父母去我在耶鲁的研究生公寓看望我的事，当时我说：“爸爸，你想来点儿石榴汁吗？”他说：“不用了，谢谢，管它是什么玩意儿。”

石榴汁成为我们长年的笑料。我们有许多时常打趣的玩笑，尽管讲过一遍又一遍，父亲还是前一分钟完全面无表情，下一分钟就笑逐颜开。另一个体悟：笑声也是哀痛的一部分。笑声被紧密地织进了我们家族的暗语里，此刻我们一边笑着一边回忆父亲，只不过背景上蒙着一层怀疑的

---

1 加里，一种由木薯根发酵、烘烤而成的食物，是西非烹饪的主食之一。

薄雾。笑声越来越弱。笑声变成眼泪，变成悲伤，变成愤怒。面对自己悲惨发狂的愤怒，我没有半点儿准备，也不知道该如何应对这可怖的悲伤。话说回来，他明明早上还在开玩笑，还在说话，怎么到了晚上就永远离开我们了呢？一切发生得太快，太过迅疾。不应该这样的，不应该是这么恶毒的惊吓，不应该在让全世界停摆的大流行病期间发生。在整个管控期，我和父亲聊起一切是那么诡异，那么可怕，他经常宽慰我，让我不要担心当医生的丈夫。“爸，你居然喝温水？”有一天我惊讶地问他。他羞怯又不乏幽默地说，他在某个地方读到，喝温水有助于抵抗新冠病毒，于是我便笑话他。他也笑话自己，跟我说，反正温水也没什么害处。这跟埃博拉恐慌时期流行的

荒唐说法不是一码子事，当时有谣言称，在天亮前用盐水泡澡或许管用。我问他："爸，你怎么样？"他总是回答："Enwerom nsogbu chacha。"我一点儿问题也没有。我好得很呐。他确实一直很好，直到再也不好。

5

讯息一股脑儿地涌来，我仿佛隔着一层薄雾在读。这条消息是发给谁的？有一条说：“谨此慰告丧父之痛。”谁丧父了？姐姐转发来一条她朋友发的消息，说我父亲生前虽然功绩赫赫，却为人谦逊。我的手指开始颤抖，推开手机不愿再看。不是生前；他还活着。在一个视频里，人们成群结队地来我家“mgbalu”——吊唁，我真想进去把他们从我家客厅里全撵走，可我母亲坐在沙发上，神色平静，已经是一副寡妇的模样。她

面前的桌子犹如一道屏障，好跟来人保持社交距离。亲戚好友已经在嚷嚷，这个得有，那个得做。前门处得放一本吊唁簿，姐姐便买来一匹白纱当桌布，哥哥买了一本硬封笔记本，很快，人们纷纷屈身弯腰，在本子上写字签名。我心想：各回各家去吧！你们来我家在那本奇怪的本子上写什么写？怎么跟我父亲真的去世了一样？不知为何，这些心怀善意的人们串通一气。我感觉呼吸的空气因我自己的小小阴谋，也交织着悲与喜。一想到那些年过八十八的老人，比我父亲年长却活得好好的，我就有一阵针刺般的怨恨涌上心头。我的愤怒让我害怕，我的恐惧让我害怕，其中还掺着一丝羞愧——我为何如此愤怒，如此惊恐？我害怕睡觉，更害怕醒来；害怕明天的到来，也害怕明天过后的所有明天。让我不敢相信和感到震惊的是，邮递员跟往常一样来送信，人们在邀请我去某地演讲，手机上也照常弹出新闻推送。为什么世界依然在运转，一呼一吸丝毫未变，可我的心里却有了一处永恒的撕裂？

6

哀痛逼迫我蜕壳重生，让我认清了现实。过去我一直确信：亲人过世你当然悲痛，那就找人倾诉，直面它，战胜它。我从没有感受过此番哀痛，便自以为很容易，但现在我后悔了。过去我不是没有哀悼过亡人，但直到现在我才感受到真正的哀痛。我现在才明白，哪怕哀痛的边缘并非风丝不透，我也无路可逃。我在旋涡的中心挣扎，造出一个个坚挺牢固的盒盘，囚禁自己的心绪。我强迫大脑停止细想。我不能想太多，也不敢想太深，不然，痛苦之余，我还会被那致命的虚无论击垮：这没有意义，意义是什么，凡事都没有意义，陷入这些想法的无限循环。然而，即使我现在不知道意义何在，但我还是希望能找到活下去的意义。楚克斯说，否认是一种恩典，我不断对自己重复这句话。我们否认，我们拒绝面对，一种逃避。当然，这般费劲，也只是哀痛的另一种方式，于是，我转过目光不去看，只是偷偷地想象，直视它将会多么地凄惨。我也时常有想逃跑的冲动，去躲起来，可我无法一直逃避下去，每回我被迫直视哀痛——读死亡证明、起草讣告时——我就感受到切切实实的恐慌。在这些时刻，我发现自己有些不寻常的生理反应：浑身发抖，手指不受控制地打着拍子，一条腿不住地抖动。我无法冷静下来，除非看向别处。人们失去敬爱的父亲后，是如何继续在世间正常生活的？生平第一次，我依赖上了安眠药。洗澡洗到一半，或正吃着饭，我突然崩溃大哭。

JUN
20
Mon

7

我永远也不用警惕最糟糕的事发生了，因为2020年6月10日就是我人生中最糟糕的一天。人的一生中总有这么个最糟糕的日子，神灵保佑，我再也不希望有一天比它更糟糕。6月10日前的那个星期，我陪女儿一起玩，跑来跑去时摔了一跤，撞到了头，脑震荡了。好几天，我感觉自己失重一般，对声音和光线很敏感。我没有像往常一样给父母打电话。等我终于打电话去时，父亲不想跟我聊他身体怎么不舒服，只想问我头怎么样。他告诉我，脑震荡恢复需要些时日。“你刚刚说的是‘脑称荡’，应该是‘脑震荡’。”母亲在后面说。我多么希望自己没有错失那几天与他们通话的机会，因为我会发现他不只是有一点儿不舒服——或者，就算他没有明显觉得不舒服，而我也会感觉到——我会坚持让他尽快去医院。我希望，多么地希望。愧疚感啃噬着我的心灵。我设想了所有可能发生的情况，所有重新编排世界的方式，只为了阻止6月10日发生的事，撤销那天所发生的事。我担心奥奇，他虽然体格健壮，但心思敏感，他所承受的与我们不同，因为父亲去世时他在场。那天晚上，父亲开始表现出不舒服时，跟奥奇说：“扶我坐起来。”然后又说，还是别了，他还是躺着吧，奥奇为自己本可以做却没有做的事感到痛苦。他说父亲平静地低声祈祷——听起来像在用伊博语[1]念玫瑰经。这话是否会宽慰到我？知道父亲得到过些许宽慰，我才稍稍释然了些，仅此而已。

父亲的死因是肾衰竭引起的并发症。医生说，感染使他的慢性肾病恶化了。但是，究竟是什么感染呢？我当然会担心是新冠病毒。一周前，有几个记者来我家采访他，关于那位想占用我们老家土地的亿万富翁的事——这件事在过去两年中没少让我父亲费神。他有没有可能是那时候感染的？医生说即使没做检测，他也不认为是，因为倘若如此，他应该会有症状，而他周围的人全都

1　尼日利亚的官方语言是英语，此外还有一些民族语言，如豪萨语、约鲁巴语、伊博语等。作者家乡所在的西部地区主要讲伊博语。

没有。他需要水化疗法，于是住进了医院接受静脉输液。奥奇扯去了医院里的破旧床单，换上了家里带来的。第二天，也就是 6 月 11 日，父亲约好要去见肾病专家。

8

我深爱着我的父亲，强烈而温柔地爱着他，正因如此，我总是隐隐地害怕这一天的到来。但是，他的身体还算康健，这又让我放松了警惕，以为来日方长。我想这一天不会这么快来临。弟弟肯恩说：“我过去那么肯定，咱爸能活到九十多。”大家都曾深信不疑。也许，我们只是天真地以为，父亲这么善良正直，会一直陪伴我们，活到九十多岁。然而，我是否察觉到一个我同时极力否认的真相？我的心是否知道？——一听到他说身体不适，我便如同利爪挠心般焦虑，接连两天辗转难眠，心头萦绕着难以名状又挥之不去的阴影。我是家中最杞人忧天的人，但即使于我，这样的反应也过激了些，当时我迫切地希望尼日利亚的航班能开通，那样我就能飞到拉各斯，再到阿萨巴，然后驱车一小时回到家与父亲见上一面。所以说，其实我意识到了。我跟父亲很亲，所以我是知道的，尽管我并未主动去探知，也不清楚原来自己知晓。我担忧了这么久的事，最终还是发生了，情绪崩溃之时，我有一丝苦涩的解脱感。这种解脱让我难以承受，它来势汹汹，携着异常好战的念头向我发起进攻。敌人要小心了：最糟糕的事已经发生了。我父亲不在了。现在，我的疯狂随时会脱鞘而出。

9

我的生活迅速地变成了另一副模样，这种变化真是无情，而我却迟迟无法适应。奥奇发送给我一个视频，里面有一位老妇一边哭，一边走进我家的前门，我心想，我得问问爸爸她是谁。我四十二年人生中确凿的事实——父亲真实存在，是活生生的人，我能走近他跟他说话，看到他的双眼透过镜片闪着光亮——在那一瞬间依然成立。接着，我猛地一颤，才记起来。那短暂的遗忘既像是背叛，又像是神恩。我忘记是因为我不在场吗？我想是的。我的哥哥和姐姐在老家，整日面对着父亲不在后家中的凄凉。姐姐跪在他的床边不停地啜泣。哥哥戴着一顶报童帽，也不停地哭。他们会发现，吃早餐的餐桌旁、挡住窗户光线的椅子里，再也没有父亲的身影，再看不见他吃过早餐后安坐在沙发上，习惯半上午打个盹儿，读会书，然后再打个盹儿。要是我也在家就好了，只是我被困在美国，我的沮丧感犹如一个水疱，我焦急地搜寻着尼日利亚航班何时开通的消息。甚至连尼日利亚当局似乎也不清楚。有报道说七月，然后又说八月，接着我们听说或许要到十月，不过航空部长发推特称“可能会早于十月”。也许会开，也许不开，仿佛在跟一只猫玩溜溜球，只是这回的赌注是不知所措的人们，因为他们无法让自己的亲人安息。

10

人们的慰唁令我退缩。我知道他们心善，他们并无恶意，可他们的话依然让我陷入悲痛。“斯人已逝。”尼日利亚人喜欢这么说，这句话在我的脑海中被恶意地歪曲了。“惊闻令尊已逝。”我痛恨“已逝”。“他已安眠”也没有安慰到我，而是变为引发哀痛的嘲弄之辞。他也可能是在我们阿巴家的卧室里休息，风扇嗡嗡嗡地驱走热气，床上散落着合上的报纸、一本数独书、一份参加葬礼后带回来的旧册子、一套圣穆隆巴骑士团[1]的日历、一个装满了他的药瓶的包，还有每一页上仔细画好线以方便书写的笔记本，他在上面记录了他吃的每一样东西，这是糖尿病患者的簿记。

“他已登极乐之境”则惊人地冒昧，给人不合时宜的感觉。你怎会知道——难道不应该是失去至亲的我先知情吗？我要从你口中才能得知？“他已是八十八的高寿”如此令人搓火，因为在哀痛中，年龄是无关紧要的；问题不在于他活了多少岁，而在于我们对他的爱有多深。是的，他虽是八十八的高寿，但你的生活现在突然裂开了一个巨大的口子，你的一部分永远地被夺走了。“事

1　圣穆隆巴骑士团于 1953 年成立于尼日利亚阿南布拉州的奥尼沙，是模仿天主教骑士团成立的组织。

已至此，节哀顺变。”一位老朋友写的话激怒了我。就死亡的永恒性说教，是多么地轻而易举，但事实上，死亡的永恒性正是痛苦的根源。现在，回想起自己曾对服丧的朋友们说过的话，我不禁皱起眉头。“在回忆中思念他吧。”我过去常常说。你的至亲被死神带走了，走得尤其突然，别人却告诉你去享受回忆吧。回忆并没有治愈我，它在我的伤口上撒盐：“这是你再也无法拥有的。”有时，回忆会让我哈哈大笑，但是笑声犹如灼热的煤块，很快就在悲痛中迸发出火苗。我希望时间能抚慰我的伤痛——但现在就期待回忆仅仅带给我慰藉，这未免太早了些，早得不合情理。

要说有什么话不像是在故意戳痛伤口，那就是简单的“我很痛心”，因为它再普通不过，没有任何预设的意思。伊博语里的“ndo”更能安慰人，它与“痛心”同义，不过还带有玄学的深奥，它的指涉域比区区的“痛心”要更广。那些认识他的朋友道出的鲜活真诚的回忆最能安慰人，听到下述词语一再地出现，我感到很暖心：“诚实”“冷静”“善良”“强大”“安静”“简单”“温和”“正直”。母亲告诉我，阿约古打来电话告诉她，说我的父亲是唯一一个“从来不找他麻烦”的老板。我记得阿约古，高高的个子，待人彬彬有礼，他是父亲在上世纪八十年代担任尼日利亚大学副校长一职时的司机。我忘记是阿约古，还是另一位叫凯文的司机，那个富有魅力的狂热青年，有一回我以七岁孩童的傲慢，坚持要求司机送我去上学时，父亲平静地说：“他是我的司机，又不是你的。”

11

哀痛并非轻如蝉翼；它实实在在地压在人的心头，是不透明的物。早晨一睁开眼时，哀痛最为沉重：心里像灌了铅一样，现实顽固地不肯改变。我再也见不到父亲了，永远也见不到了。感觉我醒来，就是为了在悲伤中越陷越深。在那些日子里，我确定自己再也不想面对这个世界了。几年前有人离世，一位亲戚笃定地说："不能让他妻子一个人待着。"我心想，要是她愿意一个人待着呢？伊博人或非洲人应对哀痛的方式自有它的价值：那种表演型的、富于表现力的显性哀悼——他们接每一通来电，一遍又一遍地述说着事情的经过，不喜欢偷偷躲起来独自伤心，“别哭了”是常听到的安慰话。但是，我还没有准备好。我只跟最亲的家人交流。我的逃避是一种本能反应。一些亲戚遭遇了我的不理不睬，我不回他们的来电，不读他们的消息，我想象得出他们的困惑，甚至是不满。他们也许会以为，这种任性不可理喻，或是我出名后故作矫情，或两者皆有。事实上，起初这只是我保护自己的方式，害怕经历更多的悲痛所以逃避，因为我已哭得太多，气力耗尽，再与人谈论只会哭得更多。但后来，我想要独自面对哀痛。我想要保护——或是隐藏？还是逃避？——这些陌生的情感，这些令我迷惑的心绪的起起落落。我不顾一切地想要摆脱这一重担，但同时又矛盾地想要好好爱护它，紧紧拥抱它。对于哀痛，人会不会有独占的欲望？我想让痛苦了解我，也想让自己了解它。我与父亲之间的情感纽带弥足珍贵，我在完全摸清痛苦的全貌之前无法将它公诸于众。有一天，我独自一人在浴室里，用我喜欢的昵称呼唤父亲——“原始的爸爸”——我感受到内心有一瞬间的平静。可一瞬间匆匆而逝。我不是个容易伤感的人，但我确定，那一瞬间父亲确实来到了我的身边。假如这是幻觉，那么我奢望得到更多，可这样的事再也没有发生过。

12

父母的冬装还挂在客房的壁橱里，女儿称那里是“外公外婆的房间”。我抚摸着父亲的那件蓬松的茶青色夹克衫。抽屉里放着他的马里兰州地图，就如同我姐姐康涅狄格的家中一个抽屉里也放有他的新英格兰地图一样。他与母亲每年会来美国住上数月，那时，他会仔细研究自己的宝贝地图——每个县的边界，它的北面和南面分别是什么——在上面勾画出每一趟旅行，甚至徒步出去吃早午餐。父亲最后一趟旅美的场景：他每日的晨练是沿着车道来来回回地走，脚步已不如以前轻快（大约从八十四岁那年开始，他每日的慢跑和散步就大大减速了），他决定用石子来计数，于是我们就在前门旁发现了一大堆石子。他在食物储藏室里吃曲奇饼干，丝毫没有留意到一路掉下的碎屑。他站在电视机的正前方，仿佛在说“你们所有人都别讲话”，他一边看着瑞秋·梅道[1]，那个他认为“才华横溢”的人，一边为美国的乱象而困惑地摇头。

1　瑞秋·梅道（Rachel Maddow，1973—　），美国电视主持人和时事评论员，主持晚间节目《瑞秋·梅道秀》。

13

我重读了《尼日利亚统计学杰出教授詹姆斯·恩沃耶·阿迪契传》，这本书由荣誉教授亚历克斯·阿尼马路、彼得·I. 乌切教授和杰夫·乌纳格布教授共同撰写，出版于2013年，再过三年，我父亲会被授予尼日利亚大学荣誉教授的头衔。书的印刷参差不齐，书页有些歪斜，但我对书的作者怀有一股兴奋的感激之情。为什么书中我母亲的这行颂词——“我和孩子们深爱着他”——

让我很受安慰？为什么它读来让人平静，觉得它颇具先见之明？我很开心，它被白纸黑字永远地印在了那里。我在书房里不停地翻找我刚来美国读大学时父亲从尼日利亚写给我的旧书信，找到它们后，看着他的笔迹，我的心中涌起一阵强烈的伤感。那些字迹和弯弯扭扭的书信述说着他的故事：他接受过某种殖民时期的非洲教育，写的字既谨慎得体，又显示他热爱拉丁文且循规蹈矩。他喊我“Nnem ochie”，“我的祖母”。信的末尾他总要署上“你的爸爸”，还不忘签上名。他甚至在我们的生日贺卡上都签名，我和兄弟姐妹被逗笑了。“爸，这又不是大学的备忘录，”我们会说，“你不需要签名的。”我到处找那张他帮我画的上溯四代人的家谱图，可怎么也找不到。

我一连沮丧了好几天，家里的箱子和文件夹全敞着，纸张扔得遍地都是。

我翻看一张张旧照片，整个人不时地啜泣。照片中的父亲经常看上去很拘谨，那是因为他从小到大逐渐明白，拍照是很稀罕很正式的事，你得穿戴整齐，在带三脚架的人面前坐正，这令人不自在。“爸，放松。爸，笑一笑。”有时我试着去捏他的脖子。他有一张照片我记得拍摄时的情景。那是在恩苏卡，尼日利亚大学校园内的教工宿舍里，我就是在那儿长大的，他坐在家中凌乱的餐桌边他的椅子上，旁边是我母亲的椅子。我们摸头的习惯就从那儿开始。他刚开始秃顶时，我还在上中学，我会偷偷地出现在餐桌边他的身后，然后摸他的秃顶，而他不受影响地继续说着话，

只是轻轻地将我的手拍开。

我打开电脑里储存的视频，虽然有一些是我拍的，可我不记得了，所以看着看着就有了新的感悟。我们在拉各斯的家中吃早餐，我假装是尼日利亚的记者，采访父亲是怎么追到母亲的，他微微地笑着，不搭理我。我们在阿巴的家中，我三岁的女儿不想吃早饭想去玩，于是就哭，我父亲抱着她，让她的保姆把食物先拿走，让她去玩。

14

在书房里，我找到一些他以前用过的数独游戏书，方格里填满了他写的数字，笔直又自信，我记得几年前，我们开车去马里兰州的一家书店买这些书。他给我买了一本试试，因为“非常有趣”，可我刚试着填第一个九宫格时，我对数学的憎恶就被勾了起来。我还记得参加 GCE 考试[1]前父亲曾辅导我，当时我在解一个很长的方程式时卡在了那里，他说：“是的，你就快要成功了，

1 GCE 考试，英国高考课程考试。

不要怀疑自己，不要停下来。”难道这就是我现在对不断尝试深信不疑的原因吗？当然，画上简单的因果等号太容易了。影响我成长的，不止是父亲整个人的品格，还有这一桩桩的点滴小事。

中学时，有一次我和朋友们带着一个问题，去请教新来的数学老师——腼腆的欧先生。他扫了一眼这个棘手的题目，然后匆忙地说，他需要去拿四位数表，可这个题根本用不着四位数表。我们离开他的办公室后，爆发出青少年邪恶的欢笑声。我把事情的经过告诉了父亲，期待听到他哈哈大笑。但是他没有笑。“那个人不是个好老师，不是因为他不知道怎么解题，而是因为他没有说他不懂。”我成长为一个自信到敢对我不懂的事直言不懂的人，莫非原因就在此？父亲教育我，学习是无止境的。他不像许多他那一代的伊博族父母那样享有特权，管着孩子的时间、金钱和精力——可就算如此，我猜我们也会原谅他的。事实是，他非常尊重我们之间的界线，对微不足道的小事也会满心感激，这就像是他身上的一件宝贵饰品。

我经常用他的头衔“Odelu-Ora Abba”来称呼他，字面意思翻译过来是“为我们社区写作的人”。他也会称呼我，他对我的称呼是一系列充满爱意的肯定之词。最常听到的是“Ome Ife Ukwu”，“有杰出成就的人”。我发现其他的称呼比较难翻译：“Nwoke Neli”大致就是“与众男人比肩者”，而“Ogbata Ogu Ebie”则是“终结战斗的人”。我从来不畏惧男人的指摘，莫非原因就在此？我想是的。

15

父亲退休后，开始深深地沉迷于数独游戏，我们一时间适应不了，母亲更是恼火万分。

“他连饭都不吃，”她会说，“忙着玩数独游戏。”

“数独不是游戏，”他会温和地回应，“它又不是鲁多[1]。”

而我会俏皮地说：“詹姆斯和格蕾丝又吵架啦，从 1963 年吵到现在。”

1 鲁多，一种在线棋盘类游戏。

6月10日夜里，奥奇走进母亲的房间打开灯告诉她，她的第一反应是“怎么可能？”——这是尼日利亚人表达“不可能的事，不可能，不可能那样”时说的话。接着，在那天的视频中，她又说了一句话，深深地戳进了我们的心里：“但他什么也没有跟我说啊。”因为他会告诉她的。他们之间一直这样。如果他要永远离开我们，他会告诉她的，所以他没有告诉她就意味着不可能是真的。她几个小时前还在医院，回家来是想补补觉，然后再出门去奥尼沙见肾病专家。“我已经把他的毛衣拿出来了，万一他觉得冷。”她说。

他们的交往过程很打动我。故事从1960年的一个农场开始，当时两人都不在场。他的一个亲戚在夸耀这个前途无量的年轻人，刚刚开始在大学教书，想找一位受过教育的女子为妻。她的一个亲戚说她受过良好的教育，人长得也美，跟白鹭一样白皙。跟白鹭一样白皙！O na-enwu ka ugbana！这是我们家另一个经常打趣的笑料。

“爸，于是你就启程，开车去另一个你不熟悉的城市，去‘见’你听说的一位姑娘？”我时常这么戏弄他。可当年的情形就是这样。母亲喜欢他的安静。她的家人一开始反对，因为他不如她的其他追求者那么耀眼或者富有，我母亲说她非他不嫁。我称他为DOS，护妻狂魔，因为他总是会迅速赶来支持我的母亲。她当教务副主任那会儿——她后来会成为尼日利亚大学第一任女性教务主任——一天下午，他兴致勃勃地回家来，一边解开领带，一边咯咯咯地笑，为她在大学评议会上的发言而满心骄傲。“你妈妈实在太了不起了。”他告诉我和两个哥哥。

16

奥奇告诉我，那天晚上他偷偷地把爸爸的手表塞入了自己的口袋，他给我发了张照片，那是肯恩几年前给他买的蓝色表盘的银表。父亲立刻就戴在手上，我们都觉得好笑；我们经常给他买一些东西，可他从来不用，他说，因为他 1970 年的衬衫或是 1985 年的鞋子依然完全能穿。我仿佛参拜一般，日复一日地盯着那张手表照片看。我记得它躺在父亲的手腕上，父亲不时地看看它。他的脸俯在手表上方校对时间，他是个超级有时间观念的人——这是父亲的典型形象；对他来说，守时几乎是一项道德使命。

童年时，每逢周日的早晨，父亲早早地就在楼下，比其他人早一个小时准备好了去做弥撒，于是跑上跑下地催促我们。在那些年里，他与我们有些疏远。母亲是温暖的家长，随时照料着我们，而他待在书房里研究统计学，一边自言自语。我只有一点儿为他骄傲。我可能并不知道，他是尼日利亚大学的第一位统计学教授，但是我知道，他比我朋友们的父亲都要更早成为正教授，因为学校里有一个小朋友管我叫“Nwa Professor”，教授家的孩子。等后来到了青春期，我才开始理解他，理解我们在好奇心和宅家方面是如此相似，才开始与他聊天，崇拜他。他会敏锐地注意到，及时到场，并耐心地聆听。如果你跟他说什么事，他会记着。他本就淡淡的幽默感随着年龄的渐长，愈发地松脆可口。

17

我最好的朋友乌珠告诉我，2018 年我在哈佛做毕业纪念日演讲，结束时，我父亲转向她，用故意压低反倒更显有力的声音说：“瞧，他们所有人都在为她起立鼓掌。”听到这话，我不禁泪目。哀痛之残暴，部分在于它使你丧失对要紧之事的记忆。父亲以我为傲，这比其他任何人都来得重要。他读过我写的所有文字，评论从“这根本就说不通”到“你发挥得很好”都有。每一回我出门演讲，都会将行程发给他，他会发来消息跟踪我的进度。“你肯定马上要上台了。”他会这么写，“去展现自己吧。Ome ife ukwu！”有一次我去丹麦，他先预祝我旅途顺利，接着又不动声色地加了一句：“等你到了丹麦，去找一找哈姆雷特故居吧。”

18

“你应该直接嫁给你父亲！”我的表亲奥盖经常佯装愤怒地说，大概是因为我在这世上最爱做的事就是与父亲待在一块儿。与他坐着闲聊过去，就仿佛是领回终究属于我的奇珍异宝。他向我惟妙惟肖地讲述祖先的故事。我既以爸爸的乖女儿的典型方式崇拜他，也十分喜欢他。我喜欢他，喜欢他的优雅、智慧和单纯，还有超然物外。我喜欢他的睿智温和的信仰，坚定且经得起一些考验。如果你期待我父亲去哪个地方过周末，你就得事先找好最近的罗马天主教堂。我最初搬到马里兰州时，很担心哥伦比亚的圣约翰福音教堂会不合他的心意，那是一个不同宗教信仰的人聚集的中心，唱诗班用吉他演奏，与他熟悉的有着彩绘玻璃的天主教堂完全不同，但是他表示牧师“很不错”，于是每周日开开心心地去教堂。我喜欢他对权力的不屑一顾，他对正直的推崇。对于大张旗鼓的炫耀行为，他哪怕谈不上质疑，起码也是不为所动。

“我有八辆车。”我姐姐的有钱追求者有一回吹嘘道，父亲回答说：“为什么要八辆？”

他并不追求物质享受，假如他不是个生活在尼日利亚的尼日利亚人的话，这一点就不会这么明显，因为这个国家散发着精明贪婪的气质，从底层到上层都毫无节制地贪财图利。我们所有人都受到了不同程度的摧残，唯独他出淤泥而不染。我喜欢他的责任感，他骨子里有一种开阔的胸怀，一种能屈能伸的精神；他独自承受坏消息，与人商量，不得已而妥协，做决定，定规则，将亲戚们团结在一起。他是一个伊博族家庭的长子，凭着努力出人头地，直至身居要职，实现了家族望子成龙的期待。他赋予极简描述以具体含义：一个好人、一个好父亲。我喜欢称呼他“一位优雅男士、一位雅士”。

我同样喜欢他做事的井井有条，喜欢他记账的一丝不苟，他的橱柜里摆着一排排资料，保存着每个孩子从小学到中学再到大学的档案，曾与我们一起住过的每个家庭帮佣的档案。有一回看美国新闻广播节目看到一半，他转过来问我："'核宝'这个词是什么意思？"我告诉他后，他说："核武器太过严肃，不该有绰号。"

"跟你爸在一块儿时，你的笑声很特别，"我的先生告诉我，"即使他说的并不好笑。"他学我发出咯咯的尖笑声，我认得出来，我知道那并不是因为父亲说的话好笑，而是与他在一起让我心情愉悦。我永远也不会那样开怀大笑了。"永远也不会"成为了永远。"永远也不会"感觉是如此不公平的惩罚。我在余生中将会把双手摊开，等待着那不复存在的东西。

19

去年圣诞节，在姐姐伊乔玛乡间住宅的乔迁宴上，身为一家之长的父亲吸引着众人的目光，他坐在客厅的中央，用可乐果祈福[1]，虽然他很少喝酒，可还是一小口一小口地抿着香槟，与人聊聊闲闻逸事。亲戚们到场后，径直去问候他。那天

1　可乐果，非洲热带雨林的可乐树结的果子，含有咖啡因，有时被用作制作饮料的调味料。对于伊博族人来说，此种果子具有特别的神圣意义，可促进社区的团结、和谐、和平、繁荣等。伊博族人常在聚会时将可乐果赠予来客，甚至用它来调解兄弟姐妹或邻里之间的纠纷，是婚礼、葬礼等仪式上的重要物品。用可乐果来祈福，指的是族群中的长者用伊博地方话祈福，他首先将一块可乐果敬献给祖先之灵，然后自己吃下一块，接着再将果实传递给在场的其他人使用。

下午某个时候，他收到了一条 WhatsApp 消息[1]，不过什么也没有说，直到夜里我们回到家，他把手机递给我，说："你读读，看来这个人确实已经疯了。"

"这个人"就是那位想要夺取我的家乡阿巴的广阔祖地的亿万富翁。土地在伊博人的宇宙观中是珍宝，谁是土地的主人，经常靠的是口口相传的故事：谁的祖父的祖父曾在这块地上耕作，哪一支部落是迁徙过来的，哪一支是土著。土地也是许多纠纷中的棘手问题；我听说过有大家族为了争夺一块连一辆汽车都停不下的巴掌大的地闹得四分五裂。阿巴人在前面提到的那块土地上耕种了几十年，但是比亚法拉战争[2]临近结束时，

1 WhatsApp，一款智能手机的通讯软件，类似微信。

2 比亚法拉战争，1967 年至 1970 年间尼日利亚政府和自行宣布独立的比亚法拉共和国之间爆发的一场内战。

整个伊博地区一片混乱，旧秩序已瓦解，新的秩序尚未形成，我们隔壁的城镇突然声称这块地是他们的。阿巴人就去法庭起诉，可案件多年来一直被搁置。许多阿巴人相信，这位亿万富翁为了恐吓我们镇，逼迫我们放弃认领那片土地，曾非法逮捕和拘留过多位村民。一个集市被推土机铲平了，复合墙体被推倒了。（他的兄弟在《卫报》的一次采访中曾不同意土地的所有权归属。）阿巴虽没有人拥有如那位亿万富翁一般的财富与政治影响力，但好在有一位叫伊克姆巴·恩吉科卡的心直口快的商人，一直在资助家乡的诉讼开销，并公开指责那位亿万富翁的行径。他本人受到了恐吓。父亲手机上的那条 WhatsApp 消息就是伊克姆巴·恩吉科卡转发来的，上面说“你”会在本周末参加市政厅会议时被逮捕。

父亲并不熟悉 WhatsApp 的功能，没有意识到这条消息是转发的，以为他自己会被非法逮捕。一整天，他独自为此事烦忧，默默不语。

“爸爸，你早点就应该告诉我们。”我说。

“我不想破坏伊乔玛的好日子。”他说。

一想到父亲在生命的最后几个月里，被一个靠石油发家致富且毫无顾忌的自诩的所谓慈善家的那些不法行径所折磨，我就怒不可遏。一想到我曾如此为父母的安危担忧，尤其是 2019 年年末，当时那个亿万富翁正要对我的家乡发动一场厚颜无耻的行动，我就愤怒不已。“这样是不对的。”我父亲经常因强烈的道德感而颤抖着说，仿佛他无法理解一位富有的尼日利亚人居然会有如此举动。如同考试作弊一样——这一现象在尼日利亚非常普遍，人们都已司空见惯——父亲每听说一桩作弊案，都会再一次被深深地震惊。他的反应是一种天真的体现，是正派人士的单纯。他过八十大寿时，我和兄弟们从美国和英国来到父母在恩苏卡的公寓，给了他一个惊喜，他一直困惑地望着我母亲，想不明白她怎么会“欺骗”他。“你说一些朋友会来，可你没有说孩子们要来。”

“是的，爸爸，我们不让她告诉你。这才叫惊喜嘛。”

20

“妈妈很伤心，因为外公去世了。”我四岁的女儿告诉她的表亲。“去世。”她知道“去世”这个词。她从盒子里抽了纸巾递给我。她在情感上的警觉让我既感动，又惊讶，更心生佩服。几天后她问我：“外公什么时候再醒过来？”

我不停地哭啊哭，真希望她对世界的理解是真实的，真希望哀痛不是因为他永远不可能再回来。

一天早晨，我在手机上看父亲的一个视频，女儿一眼瞧见屏幕，便迅速地用小手挡住我的眼睛。“我不想你看外公的视频，因为我不想你哭。”她说。她敏锐地察觉到并十分警惕我的眼泪。

“你会永远记着外公是怎么喊你的吧？”我问她。

“记着呢，妈妈。Ezigbo nwa。”她说。乖孩子，由于是直译，就更显得词不达意了。

我会告诉她，他是多么地因她而快乐，他的第八个孙辈；她讲着两种语言长大，这让他十分开心；我和先生开玩笑，要是我们敢让她难过，外公定会惩罚我们。我女儿出生后头几个月的一幕：父亲正匆匆地上楼，母亲在楼下照看我那哇哇大哭的女儿。他受命来楼上拿橡皮奶嘴，可记不起叫什么了，只能焦急地指着自己的嘴向我打手势，跟我说：“嘴巴塞子！”几个月后，我女儿的如厕训练已经过了尿尿的关口，现在她被我们哄着坐在便盆上拉臭臭，全家人正专注地围观她，这时父亲走了进来，温和地问："要是有这么多人盯着你们看，你们会拉吗？"

21

伊博文化里规定，要尽快从悲痛转向规划。就在前几天，父亲还与我们用视频通话，而此刻，在这个视频通话中，我们居然在筹划他的后事。筹划后事，就是要安抚教会和传统团体的虚荣心，让下葬日通过审批，不能在新山药节[1]期间，不能与其他任何社区典礼撞期，必须是在星期五，因为教区神父只有在星期五才下葬长者。而最重要

1　新山药节，尼日利亚伊博族人的一个节日，一般在八月初雨季快结束时举办，象征着收获的结束和下一个工作周期的开始。在这一节日里，人们通过一些宗教仪式来感谢保佑丰收的各个部落的神灵。

的事是“清算”——“清算”[1]是个被滥用的英文单词 。清算证实了伊博文化的公有性依然根深蒂固且强大。清算意味着欠同年龄人、市镇联盟、村落、宗族，也就是“umunna”的任何大笔的应缴款都要偿清；否则，葬礼会遭人抵制。别人会故意不来参加葬礼，这种威胁相当管用。对大多数伊博人来说，至少对我父亲那一代人而言，失去一个体面的葬礼几乎是人生最恐怖的事。经常听说有悲痛欲绝的家属因为上门要钱的村团的故意操控而愤怒不已，这是那些人挥动尺寸之柄的唯一机会。父亲从不拖欠会费，于是奥奇便到处去收集所有的发票。每个团体都期待从我们这儿捞点什么，清单很长：同年龄人、“umuada”、

1 原文是“clearance”。

市镇妇女传统协会、天主教团体、族长委员会、保卫我们镇的治安维持会。有多少米制冷饮，是否会赠送一只鸡或一头羊，有多少箱啤酒。我不以为然地看着清单。这又不是该死的派对。我可不在乎我们穿什么，葬礼承办人煮什么吃，或哪一个团体来还是不来，因为我还深陷在悲痛中。但是我必须在乎；这些事我父亲很看重。“想一想爸爸会要什么。”哥哥楚克斯安慰我。

我的祖父在比亚法拉战争中去世，死于难民营，葬在了没作任何标记的墓地，战后我父亲做的第一件事就是为他举办一场迟来的葬礼。因此，我不断地提醒自己，父亲会希望事情像这样体面地进行。1960 年代，父亲在伯克利时，姐姐伊乔玛和乌切出生了，他和我母亲决定只教她们说伊博语。“我们知道她们会学英语，但我们无法想象孩子们不会讲我们自己的语言。”他告诉我。我和兄弟姐妹们从小到大一直被灌输身为伊博人的强烈的归属意识，假如说这是一种自豪，那么这种自豪不可避免地刻在了我们的骨子里，根本没有必要称为自豪。我们就是这样的人。我发现伊博文化里有很多美妙的地方，也有很多我反对的地方，我厌恶的并不是伊博人葬礼的公开仪式性，而是它们很快就不得不变为仪式。我需要时间。目前，我需要保持清醒。朋友从我的小说里摘抄了一行发给我：“哀痛就是对爱情的颂扬，真正感受到悲痛的人，因为爱过而幸运。”好生奇怪，读着自己的文字，我感受到一股钻心的痛。

22

在一次次视频通话中，我们费劲地挣扎着，对于事情该如何操持，我们毫无准备，没有半点儿经验。情感也陷入了困境。我们曾经那么幸运，那么快乐，依傍着一个安全完整的家庭，所以面对这一破裂，我们不知如何应对。在此之前，哀痛都是别人家的事。爱是否会带来妄想性傲慢，误以为哀痛永远不会触及我们，哪怕只是隐隐这么觉得？我们跌跌撞撞，从极度不自然的振奋，转变到被动地攻击他人，再到为在何处招待来宾而争吵。曾经的幸福变成了软肋，因为它让你在哀痛面前毫无防御能力。它向我们的父母证明，我们六个人分别得到过他们的亲密照料和关爱。于是，我们哀痛着自己的哀痛。然而，“人人哀痛着自己的哀痛”从理智上来讲容易理解，在情感上却难以让人接受。我开始害怕阴沉压抑的视频通话。我们的家庭结构永远地改变了，最令人痛心的莫过于滑开我的手机屏幕，却再也见不到写着“爸爸”两个字的方框了。

母亲说，一些寡妇过来告诉她习俗里的做法。首先，寡妇会被剃光头——兄弟们立刻打断了她的话，说这也太荒谬了，我们不会这么做。我说男人们的妻子去世时，怎么没有人给他们剃光头；没有人要求男人接连几天饮食清淡；没有人期待男人的身体带上痛失爱妻的印记。但是母亲说她什么都愿意做："我会按习俗要求的做，我会为你们的爸爸做任何事。"

23

想象一下，既害怕葬礼又期待它赶紧结束，是何等的心情。我们把日子定在9月4日，主教已欣然答应做弥撒。仪式会充分考虑到新冠疫情：所有人必须戴口罩，我们也会遵守社交隔离的规定，在多个邻居家中同时招待来宾。起草邀请函的任务交给了我，可我无法写出“葬礼”这个词。打字工作由我的好友乌珠代劳，因为我一开始根本做不了。但是就在我们印刷邀请函的前一天，有传言称，八月份尼日利亚机场将不再开放。这一消息缺乏条理——就连基本信息都说不通——加上邻国的机场都开着，它就更让人摸不着头脑了。尼日利亚一如既往地将所有事都变得过分麻烦。这个国家的无能既招摇露骨，又惹人同情，邪恶势力在多方面的骚动，让它朽烂到了根子里。我在一生中经常对生我养我的这片土地失望，可如此辛辣地痛恨它，却不多见。我以前只对它有过一次类似的情感，那是在2015年我父亲被人绑架时，一伙绑匪与他的司机串通好，要我父亲管他的名人女儿要赎金。那伙人将他丢弃在汽车行李箱内，留他在森林里过了三天，可最终落网的只有他的司机。我从来没有像当时那样，庆幸父亲拥有尼日利亚和美国的双重国籍——这得感谢我出生在美国的姐姐们。尼日利亚政府毫无作为，美国大使却专程打来电话，并派了一位参赞和一位好心的调查员过来，指导我母亲如何与绑匪谈判。等奥奇把满满一袋的现金送到偏远地方的一棵树下后，父亲才被释放，他虽然很惊慌，但仍保持镇定——这又一次显示了他的开阔胸怀。

“他们没有读对你的名字，所以我教他们正确发音。”他告诉我。他只有在告诉我们绑匪是如何说“你的几个孩子不爱你”，他又是如何回应“不要这么说，这么说不对，不要这么说我的孩子们”时，才露出明显的难过神色。绑架案发生后，父亲说他再也不能在恩苏卡生活了，他想搬回我们老家阿巴的“村子”住。

“我再也不想走那条路了。”他说的是绑匪将他拦下的那条坑坑洼洼的路，当时他的司机故作震惊地停下了汽车。绑架案让父亲萌生出一种全新的脆弱感，一种甘愿显露出来的脆弱感，他坚硬的外壳变得柔软。伴随脆弱感而来的，是人上了年纪后的固执和偶尔爆发的臭脾气，有时让我们好气，但多数时候又让我们好笑。

反正9月4日是不可能了。尼日利亚政府宣布，机场将在八月末开放，我母亲又去了趟教堂重新定日子，这回定在了10月9日。第二天，尼日利亚的一份报纸报道，政府说机场开放只是暂时的计划——可能开放，也可能不开放。我母亲迫切地希望把日子定下来。“葬礼过后，我们才能慢慢地好起来。”她说。看到她如此勇敢，又如此心力交瘁，我十分痛心。

24

无尽的等待，不知何时启航。由于新冠病毒耽误了葬礼，尼日利亚整个东南部地区的停尸间里拥挤不堪。哪怕这个停尸间是阿南布拉州最好的，也无关紧要。你依然得经常去看看，给殡仪师付点小费；有恐怖的传闻称，至亲从停尸间里抬出来时，家人压根就认不出来。奥奇每星期都去检查，每回出来时都很痛心。仿佛每一星期他都再次见证着我们强烈排斥的尸体变质。我不得不强撑着才能听得下去，或者我根本就不想听。“要不别去了？”我建议他，“找个跟我们不太熟的人去吧。”可奥奇说：“我会坚持每周去，直到我们让他安息。换作是爸爸，他也会为我们任何人这么做的。”

25

一天夜里，我做了个逼真的梦，梦见父亲回来了。他坐在阿巴家的客厅里那张寻常的沙发上，接着某个时候，场景又变成了恩苏卡的客厅。原来是医院搞错了。那么我哥哥奥奇怎么每周都去停尸间呢？那是因为搞错了身份。我欣喜若狂，但同时也担心这可能是个梦，于是在梦里，我用力地拍打自己的手臂，好确定这不是梦，可父亲依然坐在那儿轻声地说着话。我醒来时感受到一阵说不出的痛苦，撕扯着我的五脏六腑。人的无意识怎会如此残忍地突然发起袭击呢？

26

我母亲讲过一件关于父亲的趣事，那是在1980年代的恩苏卡，我们在大学的教工住宅里，他从浴室里跳出来，浑身湿答答地冲进了书房，因为他终于想到怎么解答某个问题了。他喜欢做学术，但不喜欢搞学术政治。“我一当上副校长，”他告诉我，“就等不及要离开所有的争吵，回去教书了。”他曾在伊巴丹[1]学习数学，那儿有尼日

1 伊巴丹，尼日利亚西南部城市，为重要的商业中心，设有伊巴丹大学。

利亚最悠久的大学学院，当时还隶属于伦敦大学，等他拿着美国国际开发署的奖学金去加州大学伯克利分校做统计学的博士研究时，他感觉自己接受的英式学术训练与美国人的方式有差异。他动摇了，决定放弃项目回尼日利亚去，但是他的导师艾瑞克·勒曼鼓励他说，他也是受过英式学术训练后来美国的。“他是个很好的人。”父亲经常说，那是一个好人与另一个好人之间的心心相惜。有一回，勒曼邀请他和我母亲去家中吃饭，两人特地穿上了尼日利亚的“abada”[1]去赴宴，路上有个小男孩指着我父亲说：“他穿的衣服好好笑”——几十年过去了，父亲依然会被这件事逗乐。

　　比亚法拉战争开战前不久，他与我母亲还有两

1　“abada”，尼日利亚的一种传统服饰。

个姐姐回到了尼日利亚。在那场战争中，他所有的藏书都被尼日利亚士兵烧毁了。我父母曾经种着玫瑰的前院里，一小垛一小垛烧焦的书灰堆在一起。他在美国的同事给他寄来书，弥补他被烧毁的那些书；他们甚至还寄来了书架。我记得父亲告诉过我，他有多么地敬仰伟大的非裔美国数学家大卫·布莱克韦尔，在我的小说《半轮黄日》中，有一个人物在比亚法拉战争中失去了藏书，有人从美国给他寄书来，上面夹的便条写着："献给遭战火蹂躏的同事，与您一同仰慕大卫·布莱克韦尔的数学界同僚敬上。"现在我记不清这行话是我编的，还是说我父亲确实收到过一张相仿的便条。也许是我编的，因为美国所有那些学者联合起来支持我的父亲，一位遭遇战火蹂躏的同事，此情此景让我很感动。

1984年，父亲在圣地亚哥州立大学教了一年书，他充满感情地提到过他的朋友查克·贝尔，一位帮助他安顿下来的非裔美国学者。据他回忆，有一天，查克·贝尔打开我父亲公寓里的冰箱，想拿点喝的，他看见了一篮子鸡蛋，于是大叫道："杰姆！"我父亲非常紧张，问出什么事了，查克·贝尔说："你不能吃鸡蛋，会送命的——胆固醇太高了。你必须现在就把它们全扔掉。"

父亲幽默地讲起这则趣闻，仿佛在说："居然让我不要吃鸡蛋！""天知道美国人接下来会想到哪一出！"

"您不能吃鸡蛋啊！"每当早餐时父亲剥了个水煮蛋，或是用调羹舀了鸡蛋酱涂在山药片上时，我总会这么对他说。

27

我最后一次当面见到父亲，是在3月5日，就在新冠病毒改变世界的前夕。我和奥奇从拉各斯去阿巴。“别告诉任何人我要回来。”为了不被访客打扰，我跟父母说，“我只想整个长周末都与您俩黏在一块儿。”

看着那次回家拍的照片，我不住地流泪。在我和奥奇离开前我们拍的自拍照中，父亲先是微微笑着，接着放声大笑，因为我和奥奇的行为很傻。当时我并没有察觉。我原计划五月再回去一趟，待得久一点，这样我们就有时间录制一些这么多年来他给我讲的故事，关于他的祖母，他的父亲，他的童年。他会带我去找他祖母的圣树。我以前不知道，伊博人的宇宙观念里还有这些内容：有些人相信，有一棵叫作“ogbu chi”的特别的树里珍藏着他们的“chi”，也就是他们各自的灵魂。我父亲的父亲年轻时曾被亲戚拐走，卖给了阿罗人的奴隶贩子[1]，但是他们又把他送了回来，因为他的腿上有一块很大的疮痂（我父亲说，他走起路来略微有些一瘸一跛）。他回到家时，他母亲见到他回来了，又是哭又是叫，跑去她的圣树旁

1 阿罗人是伊博人的一个亚种群，主要生活在尼日利亚东南部，由他们创办的政治联盟“阿罗同盟”（1690—1902）于18世纪和19世纪在整个尼日利亚东部地区、喀麦隆、赤道几内亚等地方有着重大的影响力，该组织主要在一些城市里从事棕榈油和奴隶出口的贸易。

抚摸它，感谢她的“chi”救回了儿子。

由于那些故事讲过一遍又一遍，我对父亲的过去耳熟能详，可我总想更好地记录它们，录下他讲故事的场景。我不停地做着计划，以为还有时间。“我们下一次再录吧，爸爸。”他会说：“没问题，下次吧。”有一种流逝的感觉，有关先辈的记忆在悄悄地溜走，这种感觉真是可怕，但好在，哪怕我不再记得，至少还有那么多神话。

28

3 月 28 日，我最亲爱的姨母，也就是我母亲的妹妹卡洛琳，突发脑动脉瘤，在一家因新冠病毒被封控的英国人开的医院中过世。她是一位开朗的女士。我们因悲伤而震惊。病毒将死亡的可能性、死亡的寻常性拉近我们身旁，但是，我们依然用居家和勤洗手，装出一副能控制住它的样子。随着姨母的离世，控制病毒的幻想也破灭了。死亡会在任何一天的任何时刻撞上你，如同它撞上我的姨母那样。刚刚她还很正常，下一刻她感觉头很痛，再下一刻，她就走了。一个黑暗的时代不可阻挡地变得更加昏天黑地。在我出生前，她有好多年一直与我的父母同住，所以对我的姐姐们而言，她更像大姐姐，而不是姨母。现在，我回想起父亲说她的离去“令人震惊”的情景，他的嗓音因震惊而变得虚弱，我想象得出，宇宙在加紧布控它的邪恶阴谋。他会在六月离开我们，一个月后，也就是 7 月 11 日，父亲唯一的胞妹瑞贝卡姑姑，因为日日交谈的兄长离世而太过悲痛，也会跟他一样在同一家医院过世。一道锈蚀，一股邪恶洪流的奔涌，使得我们一家永远支离破碎。一次次失去，让人生感觉跟纸一样虚薄。

29

为何T恤上两只红蝴蝶的图案让我泪流不止？只有经历哀痛，方能有深刻的领会。我并不特别喜爱T恤，但我在一家定制网站上花了好几个小时，尝试用不同的字体、颜色和图案，设计T恤来纪念我的父亲。在一些T恤上，我放了他的名字缩写“JNA”，在另一些T恤上，我放了伊博语里的“omekannia”和“oyilinnia”——它们的意思都与“爸爸的女儿”相近，但多了些喜庆和骄傲的意味。

JNA
omekannia
oyilinnia

T恤可曾让人如这般逃避现实？我时常停下来啜泣。我时常想，他会怎么评价它们呢。对于我的时尚品位，尤其是我选的不那么传统的着装，他持包容的态度，有时也会打趣我。有一回，我参加活动时穿了一条肥大的阔腿裤，他说："Nke dika mmuo。"意思是，这是去化装舞会才穿的。我也许不会用"化装舞会"这个词来形容，但是我明白他的意思。我想，这些T恤中总有一些他会认可吧。我靠设计T恤来治疗内心的伤痛，填满我自寻的沉默，因为我得避免向着我爱的人絮絮叨叨地倾诉心绪。我得隐瞒哀痛的铁钳有多厉害。我终于明白，人们为何会将他们逝去的亲人文在身上。他们想宣告的，不止是失去，还有爱和延续。我是爸爸的女儿。这是一种反抗和否定：哀痛告诉你，故人已逝，你的心却在说没有；哀痛想让你的爱停留在过去，你的心却说它仍在继续。

我是否希望有所改变，这并不要紧，因为我已被改变。一种新的声音从我的笔尖冒出来，浸润着我对死亡近在咫尺的感受，对自己终有一死的意识，它如此隐微地在我的文字里流淌，如此尖锐。新的紧迫感，无常的气息。我必须现在就将一切诉诸笔端，谁知道我还剩多少时日？一天，奥奇发来信息说：“我好想他的冷幽默，好想他开心时跳的俏皮舞，还有他轻轻地拍着你的脸蛋说‘不要紧’的样子。”这些话让我的内心猛地一颤。我当然记得父亲为了让我们心里好受些，经常安慰我们说“不要紧”，但是奥奇也记得，这就让记忆再次真实与鲜活起来。哀痛有许多异于寻常的地方，让人对记忆产生怀疑便是其一。不，这些并不是我的凭空想象。是的，我的父亲生前确实非常地可爱。

30

我正用过去式记录我的父亲。可我实在无法相信，我竟然在用过去式记录我的父亲。

图书在版编目（CIP）数据

哀痛笔记 /（尼日利）奇玛曼达·恩戈兹·阿迪契著；蒋怡译. — 南京：译林出版社，2024.3
（阿迪契作品）
书名原文：Notes on Grief
ISBN 978-7-5447-9926-3

Ⅰ.①我… Ⅱ.①奇… ②蒋… Ⅲ.①回忆录－尼日利亚－现代 Ⅳ.①I437.55

中国国家版本馆 CIP 数据核字（2023）第 190990 号

著作权合同登记号　图字：10-2022-96 号

哀痛笔记　[尼日利亚] 奇玛曼达·恩戈兹·阿迪契 / 著　蒋怡 / 译

责任编辑　张　睿
装帧设计　任凌云
校　　对　王　敏
责任印制　闻媛媛

出版发行　译林出版社
地　　址　南京市湖南路 1 号 A 楼
邮　　箱　yilin@yilin.com
网　　址　www.yilin.com
市场热线　025-86633278
排　　版　南京新华丰制版有限公司
印　　刷　南京新世纪联盟印务有限公司
开　　本　787 毫米 × 1092 毫米　1/32
印　　张　3.875
插　　页　4
版　　次　2024 年 3 月第 1 版
印　　次　2024 年 3 月第 1 次印刷
书　　号　ISBN 978-7-5447-9926-3
定　　价　48.00 元